Chers amis rongeurs,
bienvenue dans le monde de

Geronimo Stilton

Geronimo Stilton

Téa Stilton

Benjamin Stilton

Traquenard Stilton

Patty Spring

Pandora Woz

Texte de Geronimo Stilton.
*Basé sur une idée originale d'*Elisabetta Dami.
*Coordination des textes d'*Isabella Salmoirago.
Coordination éditoriale de Patrizia Puricelli.
*Édition d'*Alessandra Rossi.
Coordination artistique de Roberta Bianchi.
Assistance artistique de Lara Martinelli.
Couverture de Giuseppe Ferrario *(dessins et couleurs).*
Illustrations intérieures de Blasco Pisapia *et* Danilo Barozzi
(dessins), Romina Denti *et* Christian Aliprandi *(couleurs).*
Cartes : Archives Piemme.
Graphisme de Marta Lorini.
Traduction de Titi Plumederat.

www.geronimostilton.com

Pour l'édition originale :
© 2010, Edizioni Piemme S.p.A. – Corso Como, 15 – 20154 Milan, Italie
sous le titre *Il segreto dei tre samurai*
International rights © Atlantyca S.p.A. – Via Leopardi, 8 – 20123 Milan, Italie
www.atlantyca.com – contact : foreignrights@atlantyca.it
Pour l'édition française :
© 2013, Albin Michel Jeunesse – 22, rue Huyghens, 75014 Paris
www.albin-michel.fr
Loi 49-956 du 16 juillet 1949 sur les publications destinées à la jeunesse
Dépôt légal : premier semestre 2013
Numéro d'édition : 19348
ISBN-13 : 978 2 226 24733 9
Imprimé en France par Pollina S.A. en mars 2013 - L63635

Geronimo Stilton

LE SECRET DU KARATÉ

ALBIN MICHEL JEUNESSE

TU ES RAMOLLO COMME UN MOLLUSQUE, STILTON !

Chers **amis** rongeurs, permettez-moi tout d'abord de me présenter : mon nom est Stilton, *Geronimo Stilton*. Si vous me connaissez déjà, vous savez que je dirige *l'Écho du rongeur*, le **journal** le plus célèbre de l'île des Souris...

Chers amis...

J'adore écrire et raconter les **AVENTURES** assourissantes que je vis dans le monde entier, et celle que je veux vous dévoiler à présent est vraiment incroyable... Je me suis retrouvé catapulté dans un pays très mystérieux ! Mais procédons dans l'ordre...

Comme *D'HABITUDE*, j'étais à la maison. On aurait dit une soirée *HABITUELLE* et je m'apprêtais à faire, comme toujours, des choses *HABITUELLES*. Je portais mon costume *HABITUEL*, mes pantoufles *HABITUELLES* et je me préparais mes plats *HABITUELS*, ceux que je mange depuis toujours : des gnocchis au gorgonzola, du pâté au saint-nectaire et une **TARTE** à la cancoillotte...

Je dînai tôt, puis j'enfilai mon pyjama et je me mis à feuilleter mes albums de photographies, qui me rappellent les innombrables **VOYAGES** que j'ai faits autour du monde.

Que d'aventures ! Que d'expériences ! Et tous ces

nouveaux **amis** que j'avais rencontrés au cours de mes voyages !

Voici une photo avec mon amie Mini Tao, championne du monde de karaté. Il y a bien longtemps, elle m'avait convaincu de participer (elle m'avait plutôt FORCÉ !) à une importante compétition à Port-Souris : le **Championnat du monde de karaté**... et j'avais gagné ! Sur la photo, on voit également l'époustouflant Wild Willie, le plus célèbre chasseur de trésors de l'île des Souris.

Je caressai la MÉDAILLE brillante que j'avais remportée lors de cette compétition et soupirai :

– Aaah, quelle émotion !

J'allai prendre le LIVRE* que j'avais écrit sur cette aventure. Eh oui, à l'origine de tous mes livres, il y a une de ces **AVENTURES** que j'ai vécues pour de vrai, et c'est peut-être pour cela que les lecteurs s'amusent tant en les lisant…

J'étais en train de me dire que cela faisait un petit bout de temps que je n'avais pas vécu de nouvelle aventure justement lorsque le téléphone sonna.

Je répondis :

– Ici Stilton, *Geronimo Stilton* !

Une voix grave demanda :

– Alors, Stilton, prêt pour l'aventure ?

J'étais ébahi : c'était **Wild Willie** !

– Comment as-tu fait pour savoir que j'étais en train de penser à toi ?

– **Je le savais, c'est tout, Stilton !** Et je sais aussi que tu as arrêté le karaté.

– Euh, eh bien, je… enfin, c'est-à-dire non, mais… peut-être que oui, en effet, en fait… *tu as raison.*

Le livre s'intitule : Le karaté, c'est pas pour les ratés !

– Pas bien, pas bien du touuut, Stilton!
Et je parie que cela fait un petit bout de temps que
tu n'as pas voyagé…
– Euh, *tu as encore raison.*
– Pas bien, pas bien du touuut, Stilton!
Et je parie que tu fais toujours tes trucs habi-
tuels. Je t'imagine…

RAMOLLO COMME UN MOLLUSQUE!

J'essayai de me défendre :
– *Tu as tout à fait raison*, mais… mais… mais…
je…
– Stilton, je ne veux plus entendre un seul « mais »,
et pas une seule question. Je t'attends au 18, place
du Poulpe, et tout de suite.
– Euh, pourquoi cela ?
– J'ai dit : *PAS DE QUESTIONS!* Tu verras bien.
Maintenant, rhabille-toi (je **SAIS** que tu es déjà
en pantoufles et en pyjama).
Puis il me raccrocha au museau.

En effet, outre le fait que j'étais en pyjama, j'avais mes pantoufles aux pattes... Je me rhabillai donc en toute HÂTE et courus jusqu'au 18 de la place du Poulpe, où m'attendait une surprise bizarre...

Wild Willie

★ QUI EST-CE : un archéologue, passionné d'aventure. Il se définit lui-même comme un « chasseur de trésors » et il n'est pas intéressé par l'argent : il donne tous les trésors archéologiques qu'il découvre au musée de Sourisia.

★ SA DEVISE : « Prêt pour l'aventure ? » Et si le malheureux à qui il s'adresse répond oui, la réplique ne tarde pas : « C'est parti pour l'aventure ! »

★ SON RÊVE : que tout le monde ait le cœur plus tendre, afin que le monde soit plus vivable, dans la paix, dans l'amour et dans le respect de la nature.

★ SON HOBBY : étudier les langues anciennes et pratiquer tous les sports, du karaté à l'alpinisme, pour rester en forme.

★ SON SECRET : sur un avant-bras, il a un tatouage représentant un dragon rouge.

QUI, QUOI, OÙ, MAIS SURTOUT… POURQUOI ???

Je me trouvai devant une PORTE de bois peinte en rouge et de forme bizarre. Elle ouvrait sur une **COUR** pavée assez bizarre, au centre de laquelle était aménagé un bizarre jardin exotique avec une *fontaine* bizarre dont le jet d'eau s'écoulait sur des galets gris en produisant un bruit relaxant. **Mais où était Wild Willie ?** Il m'avait pourtant bien donné rendez-vous là, au 18, place du Poulpe !

Un regard circulaire me permit de découvrir que la cour était bordée par plusieurs boutiques et par… une salle de **karaté** !

Une affiche était apposée sur la porte : LE DOJO ZEN EST HEUREUX D'ANNONCER…

Intrigué, je m'approchai pour mieux lire, car il me semblait que **MON** nom y était imprimé… **Comment ça???**

J'essayai de déchiffrer le nom de l'invité d'honneur, mais je ne pus lire qu'un « **W** »… hum… peut-être deux « **W** »…

LE DOJO **ZEN** EST HEUREUX D'ANNONCER QU'UNE CONFÉRENCE TRÈS ATTENDUE CONSACRÉE AU KARATÉ (ACCOMPAGNÉE D'UNE DÉMONSTRATION) SERA PRONONCÉE PAR UN INVITÉ D'HONNEUR EXCEPTIONNEL.
INVITÉ D'HONNEUR : WW
ASSISTANT : GERONIMO STILTON

Comment ça???

Mais je n'eus pas le temps de me demander qui était cet invité d'honneur, et surtout pourquoi mon nom figurait sur l'**affiche**, car une foule de rongeurs venait de surgir dans mon dos et tous jouaient des coudes pour entrer. **Par mille mimolettes**, cette conférence devait vraiment être intéressante ! Je reconnus les museaux de nombreux **journalistes** et photographes de Sourisia, ceux de techniciens de la télévision… **Rat TV** était là ! Mais il me fut impossible d'en voir davantage, car deux **PATTES** vigoureuses se saisirent de moi et m'attirèrent à l'intérieur de la salle…

C'ÉTAIT WILD WILLIE !!!

– Alors, il te plaît, le dojo de mes amis, Stilton ?

Hi, hi, hi !

Puis il m'attrapa par les moustaches moustaches moustaches moustaches et me traîna au long d'un couloir jusqu'à une estrade.

Au secouuurs !

– Allez, Stilton, tu es en retard !

– Qui m'attend, où et pourquoi ?

Je tentai de m'*ÉCHAPPER*, mais il me rattrapa par la queue et me poussa sur l'estrade. Je me relevai tandis que les **PHOTOGRAPHES** me mitraillaient. Je regardai autour de moi, confus : où était donc passé Wild Willie ?

Je clignai des **YEUX**, ébloui par les flashs, pendant que le public, debout, applaudissait à tout rompre.

– Le voilà, il arrive ! C'est **lui**, oui, c'est **lui** ! Bravooo !

Croyant que c'était moi qu'on applaudissait, je rougis, confus *(je suis très timide)*, et je m'inclinai poliment.

– Euh, merci, mais, vraiment, je... enfin, je ne comprends pas...

Pendant que je m'inclinai, quelqu'un dans le public se mit à m'adresser des gestes frénétiques :

– Pousse-toi de là ! Il arrive, **lui** !

Je demandai, perplexe :

– Qui, **lui** ?

Tout le public hurla :

– Lui ! **Lui lui lui ! Luiiiiiiiiiiiiiiiiiiii !**

UN COUP DE PIED VOLANT… DANS L'ARRIÈRE-TRAIN !

Alors que j'étais penché, j'entendis un cri mystérieux :

– *KIAÏÏÏ !!!*

J'eus à peine le temps de penser que c'était le cri que poussent les karatékas* lorsqu'ils attaquent… Je me retournai et vis une masse de **muscles** vêtue de blanc qui se catapultait sur scène en *VOLANT* quasiment. Je voulus me pousser, mais il était trop tard…

Quel rongeur!

* Karatéka : celui qui pratique le karaté.

Je fus renversé par **quelqu'un** qui me décocha un terrible coup de pied volant dans l'arrière-train !

– Scouiiiit! hurlai-je.

Je me retrouvai tout cabossé, dans les bras d'une rongeuse.

– Ouille, ouille, ouille ! criai-je. J'ai mal !

Le public applaudit de nouveau et c'est alors seulement que je compris que ce n'était pas moi qu'il applaudissait, mais **lui**, le rongeur qui m'avait donné le coup de pied volant... **Lui**, c'était un gars, *ou plutôt un rat*, aux yeux de glace et au regard magnétique... C'était **WILD WILLIE** !

Le public applaudit de plus belle en hurlant :

– Bravo ! Quelle force ! Quelle agilité ! Quelle rapidité !

KIAÏÏÏ!!!

Mais?

Ouille, ouille!

Quand Wild Willie arrive, c'est comme si l'on voyait arriver un DRAGON volant !

Wild Willie s'inclina devant le public avec une expression impénétrable.

– Mesdames les rongeuses et messieurs les rongeurs, merci d'être venus si nombreux à cette conférence consacrée au karaté, un très ancien **art martial** qui permet de se défendre sans armes. L'objectif, c'est de FORMER le corps et l'esprit. La

première chose que nous enseigne le karaté, c'est le **respect** de soi et de l'adversaire. À présent, je vais vous faire une démonstration des techniques de base, grâce à mon assistant... *Geronimo Stilton !*

Je balbutiai :

– Eh ? M-moi ? Tu parles de moi ?

Wild Willie me fixa dans les pupilles.

– Pourquoi cette question ? Y a-t-il quelqu'un d'autre sur cette **estrade** qui s'appelle Stilton ? Allez, *blanc-bec*, qu'est-ce que tu attends ?

Je demandai, confus :

– Euh, que dois-je faire ? Je ne me rappelle plus très bien le karaté et...

Wild Willie ricana sous ses moustaches :

– Tu n'as absolument rien à faire, *blanc-bec*... Ne t'inquiète pas : je m'occupe de tout !

Puis il cria :

– Et maintenant... une petite démonstration pratique !

Kiaïïï!

En **DEUX TEMPS TROIS MOUVEMENTS**, il m'allongea par terre !

Le public poussa un cri d'admiration :

_Oooooooooooooh!

Puis, d'un geste très rapide, il me souleva comme un sac de pommes de terre et me remit debout.

– Et voilà, vous avez vu ? Grâce au karaté, vous pourrez neutraliser votre adversaire en quelques **secondes**, quels que soient sa force, son habileté ou son poids. Il suffira que vous soyez rapides, précis et concentrés !

Kiaïïï!

Argh!

Puis il me **PLAQUA** et me **REPLAQUA** encore et encore par terre, si bien que j'avais l'impression de ne plus avoir un seul **osselet** entier.

Cependant, le public applaudissait, enthousiaste.

– Bravo ! Bravooooooo ! Encore ! *BIS !*

Je suppliai :

– N-non, pas de *bis* !

Mais Wild Willie donna un *bis*, puis un autre encore, jusqu'à ce que je l'implore :

– **Assez !**

Alors seulement, impassible, il nous salua, le public et moi :

– Et maintenant, une brève **PAUSE-PANSEMENT** pour Stilton, pendant laquelle nous visionnerons une vidéo sur l'histoire du karaté...

Tandis que l'attention du public était concentrée sur Wild Willie, j'essayai de décamper, mais il me rattrapa par les moustaches.

– Là, ce n'est que la **PAUSE-PANSEMENT**, ce

n'est pas la fin de la conférence, Stilton! Et ne te **PLAINS** pas! C'est un honneur d'être mon assistant! Si tu savais le nombre de souris qui se porteraient volontaires!

– **Vraiment?** Il y a des volontaires? Où sont-ils? Dis-le-moi, je leur cède ma place tout de suite!

– Je ne te remplacerai pas, *blanc-bec*. C'est pour ton bien que je fais ça! Mais débrouille-toi pour ne pas me ridiculiser dans le dojo de mes amis **Ratozen** et *Okisuri*, et devant ta famille…

Ratozen

Okisuri

Il me désigna un rongeur **baraqué** à l'air gentil, et une rongeuse MINCE à l'air énergique. À côté d'eux, je reconnus ma famille au grand complet !

Je ne pouvais pas me dégonfler devant eux. Je me laissai donc écrabouiller par Wild Willie sans me plaindre jusqu'à la fin de la conférence. Puis, enfin, il salua le public, tout le monde applaudit et je me laissai glisser en bas de l'estrade avec les os qui grinçaient, PIÉTINÉ comme un paillasson, moulu comme du café au double fromage, **PANSÉ** de la pointe des moustaches au bout de la queue.

PRÊT POUR UNE AVENTURE ?

Pendant que le public enthousiaste quittait le dojo, les journalistes **CRIAIENT** :

– Demain, tu seras à la une de tous les journaux, Geronimo !

La directrice de Rat TV repartit ravie, chicotant.

– Je vais faire une émission spéciale sur le karaté en **MONDOVISION**, les téléspectateurs adorent quand Wild Willie est au programme !

Je n'étais pas très heureux de passer pour un NIGAUD à la une des journaux et en mondo-vision, mais je n'eus pas le temps de protester, car quelqu'un me donna une tape sur l'épaule.

C'était Wild Willie, qui me fixa dans les pupilles.

– Bravo, *blanc-bec*. Tu m'as plu. Tu as été un parfait assistant pendant la conférence.

Je murmurai, confus :

– Euh, merci, j'ai fait de mon **mieux**, ou plutôt de mon pire, enfin, j'ai fait ce que je pouvais et...

Ratozen, Okisuri et toute ma famille s'écrièrent en chœur :

– Alors, ça t'intéresse ? Tu veux bien ? Tu es d'accord ? Tu n'as rien contre ?

– Euh, comment cela ? dis-je.

Wild Willie me donna une nouvelle tape sur l'épaule, en me fixant dans les pupilles.

– Tu es devenu ramollo comme un MOLLUSQUE, *blanc-bec*, et tu le sais.

Je balbutiai, dérouté :

– Euh, *quoiquoiquoi* ?

Téa renchérit :

– Wild Willie veut dire que... tu t'es **RAMOLLI** ! Depuis combien de temps n'as-tu pas fait de voyage ?

– Euh, depuis un petit bout de temps, mais...

Wild Willie s'exclama :

– Alors, *blanc-bec*, es-tu prêt pour une aventure ? **OUI OU NON ?**

Je voulais dire « Ouh, il est tard, vous êtes gentils de vous occuper de moi, mais je dois y aller »... Mais j'avais à peine prononcé « Ouh i » que Wild Willie tonna :

– Tu as dit « oui », alors c'est que tu acceptes ! Bravo ! C'est parti pour l'**AVENTURE** !

Grand-père Honoré me gronda :

– Gamin, tu as dit « **OUI** », je t'ai entendu ! Tu as donné ta parole et il faut toujours tenir sa parole !

Traquenard me fourra dans la patte une valise miniature.

– Voilà ta **VALISE**, elle ne contient qu'une tenue de **karaté**, une brosse à DENTS et un guide touristique…

Grand-père Honoré conclut :

– Tu n'auras besoin de rien d'autre pour ce voyage aventureux au JAPON. Et n'oublie pas, c'est pour ton bien que nous l'avons organisé : tu as besoin d'inspiration ! D'*histoires* nouvelles à

Êtes-vous prêts pour une aventure ?

Ouiii !

Ouiii !

Nooon !

raconter ! Cela fait trop longtemps que tu ne vas plus nulle part !

Wild Willie me donna une pichenette et ricana :

– Alors, Stilton, content ? Tu auras quelque chose à *raconter* quand tu rentreras chez toi *(si tu rentres vivant)*.

Benjamin me prit dans ses bras.

– Tu vas voir, tu vas t'amuser, oncle Geronimo !

Une heure plus tard, j'étais à bord d'un **AVION** avec Wild Willie, Ratozen et Okisuri.

Après un voyage interminable, nous devions atterrir à Tokyo, capitale du Japon, puis nous diriger vers le sud jusqu'à Okinawa, cette île mythique berceau du karaté, pour y accomplir une mission secrète qui concernait un mystérieux TRÉSOR…

Pendant le voyage, je feuilletai le guide touristique du Japon.

QUEL PAYS FASCINANT…

JAPON

HOKKAIDO

Sapporo

Aomori

Mer du Japon

Sendai

OCÉAN PACIFIQUE

Nagoya

HONSHU

Tokyo

Hiroshima

Yokohama

Osaka

SHIKOKU

Mer des Philippines

Naha

KYUSHU

OKINAWA

Le JAPON est un archipel de l'Asie de l'Est. Il est situé dans l'océan Pacifique, à l'est de la Chine, de la Corée et de la Russie, s'étirant entre la mer d'Okhotsk et la mer de Chine orientale. Il est surnommé le «Pays du Soleil-Levant», parce que par rapport à la Chine il se trouve à l'Orient. Sa capitale est Tokyo.

UNE VILLE
RICHE DE SURPRISES

À l'aéroport de Tokyo, un **chauffeur** vêtu de noir vint à notre rencontre.

– *Wild Willie San ?*

Il s'inclina profondément.

– Monsieur **Radegushi** vous invite dans sa demeure. Il a appris votre venue et voudrait vous parler.

Wild Willie se lissa les **moustaches**, ferma les yeux à demi et murmura, surpris :

– Hum… comment ce Radegushi a-t-il pu savoir que nous **ARRIVIONS** ?

L'autre s'inclina de nouveau, impassible.

– Monsieur Radegushi sait toujours tout.

Wild Willie marmonna :

– D'accord, conduis-nous chez lui.

«*Wild Willie San*» signifie «*Monsieur Wild Willie*».

Le rongeur s'inclina encore.

– Suivez-moi, je vous prie.

Il nous fit monter dans la voiture la plus luxueuse que j'aie jamais vue : elle était très **longue**, avait une **CARROSSERIE** noire et brillante et des **VITRES** fumées. Lorsque, à l'aube, nous approchâmes de Tokyo, je fus gagné par l'émotion : j'avais le **COEUR** qui battait plus fort en voyant mille et mille gratte-ciel qui scintillaient dans les premiers rayons du soleil.

Puis nous arrivâmes dans les rues très fréquentées du centre, où les voitures circulaient à un rythme **EFFRÉNÉ** ; j'admirai les bâtiments pleins de charme des quartiers anciens et leurs splendides jardins. Quelle ville merveilleuse !

Au passage, je pris des **PHOTOS** : les voici....

Pendant que le chauffeur conduisait, isolé derrière une épaisse vitre opaque, Wild Willie nous fit signe de nous approcher et chuchota :

– Je vais vous révéler le véritable but de ce voyage

AKIHABARA : quartier célèbre pour ses magasins d'électronique, de high-tech, d'ordinateurs et de jeux vidéo.

LES GRATTE-CIEL DE TOKYO...

UN TYPIQUE JARDIN DE TOKYO...

GINZA : le très chic quartier commercial de la ville, avec ses grands magasins, ses restaurants, ses boutiques et ses cafés.

au Japon, qui sera plein d'**AVENTURES**, et peut-être de risques… et peut-être même truffé de ʙᴇᴀᴜᴄᴏᴜᴜᴜᴜᴘ de **DANGERS**…

Je frissonnai pendant qu'il poursuivait :

– Eh bien, si nous sommes ici, c'est parce que j'ai reçu un appel à l'aide du MAÎTRE qui, depuis des années, m'apprend le karaté. Nous devons l'aider à sauver un antique trésor : un fabuleux parchemin.

Okisuri demanda, curieuse :

– Pourquoi est-il fabuleux ?

Wild Willie fronça les sourcils.

– Parce qu'il contient un ancien secret du karaté, et qu'il ne doit pas tomber entre de mauvaises pattes ! Quelqu'un essaie de le voler.

Geronimo Stilton

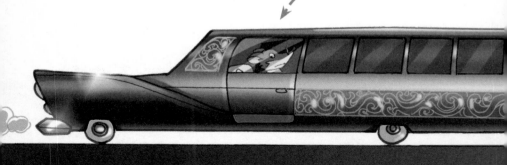

Ratozen intervint, inquiet :

– Mais qui ?

Wild Willie **GROMMELA** :

– Hum… je ne sais pas, mais nous l'apprendrons bientôt. C'est peut-être d'ailleurs ce Radegushi !

J'écarquillai les **YEUX**.

– Aaargh ! Mais alors pourquoi as-tu accepté d'aller chez lui ?

– Parce que je veux découvrir ce qu'il attend de nous, et c'était la seule façon de le savoir.

Je balbutiai :

– M-mais alors… nous sommes en **DANGER** !

Il ricana sous ses moustaches :

– Bien sûr ! Tu es content ? Au moins, tu auras quelque chose à *raconter* quand tu rentreras chez toi… *SI* tu rentres vivant !

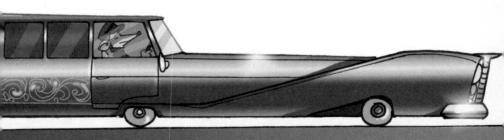

ATTENTION AU WASABI, STILTON !

La voiture s'arrêta devant une élégante maison, construite dans le style traditionnel du Japon : elle était tout en **bois**, avec un large toit orné de quatre dragons. Dans son magnifique jardin, nous vîmes des *fontaines* au murmure argentin et des compositions raffinées de rochers et de **BONSAÏS**. Un rongeur grassouillet vint à notre rencontre : il avait des yeux humides et sournois comme ceux d'un crapaud et il me sembla qu'il portait une mou-moute.

Il annonça, d'un ton arrogant :

– Bienvenue, mon nom est **Shipocrito Radegushi**.

Bonsaï : arbre nain.

En lissant sa moumoute, il se mit à se vanter :

– Je suis devenu **Grand Maître** de karaté et j'ai été l'élève du célèbre Imagaté, mais surtout je suis *riche*, et même *très riche*, et j'ai beaucoup de pouvoir au JAPON...

Wild Willie souleva un sourcil.

– Moi aussi, je suis **Grand Maître** de karaté, et moi aussi, j'ai été l'élève d'Imagaté, mais si vous accordez autant d'importance à la richesse, cela veut dire que vous avez oublié son **enseignement** !

L'autre devint cramoisi, mais se lissa de nouveau la moumoute et nous fit signe de le suivre. Pendant que Wild Willie retirait ses chaussures (dans les maisons japonaises, on entre **sans** chaussures), je le suivis. Je regardai autour de moi, admirant les peintures anciennes, mais j'eus la sensation que quelqu'un était en train de m'observer : par la fenêtre, je crus distinguer de mystérieuses OMbres noires qui m'épiaient...

Regarde…

… on les tient…

… comme ça !

Et on mange !

Je n'eus guère le temps de tirer cela au clair, car Radegushi me dit :

– Je vous ai fait préparer les plus raffinés des plats japonais, avec plein de **wasabi** !

Wild Willie me fit un clin d'œil.

– *Attention au wasabi, Stilton !*

Inquiet, je voulus lui demander pourquoi. Mais je n'en eus pas le temps…

Radegushi nous fit asseoir devant une table **BASSE**, sur laquelle étaient disposés des petits bols remplis de nourriture.

Je marmonnai :

– Mais où sont les fourchettes ?

Ratozen me donna un coup de coude.

– Ici, on se sert de **BAGUETTES**, Stilton ! Regarde comment on fait !

Au secours!

J'essayai de l'imiter, mais mes **DOIGTS** se firent des nœuds, je m'enfonçai une baguette dans un **ŒIL**, je m'en fourrai une autre dans une **OREILLE** et, enfin, je me retrouvai avec les deux dans le **nez**!

Aïe!

Cependant, la cuisinière de Radegushi ne cessait de nous apporter des petits bols contenant de la nourriture vraiment bizarre : des boulettes de riz, des bouchées de poisson cru, des rouleaux d'algues et une étrange sauce **VerTE**.

Ouille, ouille!

Wild Willie me chuchota à l'oreille :

– Attention au wasabi, Stilton!

Je voulus lui demander pourquoi,

Zut!

mais la cuisinière nous bombarda de mots mysté-rieux :

Je murmurai :

– Je peux avoir une pizza ?

– Hum, non, pas possible, Stilton !

– Euh… alors une assiette de spaghettis ?

– Hum, non, pas question, Stilton !

– Et un bifteck-FRITES ?

– Hum… tais-toi et mange ! me dit Wild Willie.

Mais… *attention au wasabi, Stilton !*

Je n'eus pas le temps de demander pourquoi, car

Ikura, tekkamaki, sushi, sashimi, tenpura
sont des plats typiques de la cuisine japonaise.

tout le monde s'était mis à manger et je fus obligé de faire de même. Je reniflai une bouchée de sushi : ça sentait le POISSON CRU . J'y goûtai du bout de la langue, puis l'avalai : pas mauvais, en fait !

C'est alors que je commis une grossière erreur, car je trempai une bouchée de poisson dans la sauce à l'étraNge couleur verte…

Ça avait l'air bon…

Okisuri et Ratozen essayèrent de m'arrêter, en criant :

– *Attention au wasabi, Stilton!*

Trop tard, j'avais déjà avalé. Et je découvris *(sans avoir besoin d'un traducteur)* que **wasabi** était le nom de cette sauce, si piquante que j'en eus les *larmes* aux yeux, que de la **FUMÉE** me sortit des oreilles et que je

Attention au wasabi!

Le wasabi est une sauce très piquante. Au Japon, on l'appelle également namida, «larme», parce qu'elle fait pleurer!

crachai une **FLAMME** qui alla roussir la moumoute de Radegushi. Wild Willie, imperturbable, *éteignit* la

moumoute en versant du thé vert dessus.

– Je t'avais pourtant dit de faire attention au wasabi, Stilton !

UN GARS,
OU PLUTÔT UN RAT,
TRÈS TYRANNIQUE

Cramoisi de honte, Radegushi alla changer de moumoute. À son retour, il tenta de se donner une contenance et marmonna d'un ton solennel :

– Wild Willie San, je sais beaucoup de choses sur vous. Je sais que vous êtes le plus célèbre **CHASSEUR** de trésors de l'île des Souris ! Je sais aussi que vous êtes un karatéka expérimenté ! C'est pourquoi je veux vous faire une proposition : on vient de retrouver, dans la mystérieuse vallée du Dragon-Rugissant, les ruines du légendaire **CHÂTEAU DES TROIS SAMOURAÏS**. Vous savez pourquoi il s'appelle comme ça aujourd'hui*, Wild Willie San ?

Wild Willie acquiesça, impénétrable.

Radegushi reprit :

– Wild Willie San, vous savez donc que, d'après une vieille LÉGENDE, c'est dans ce château qu'est caché le parchemin des Trois Samouraïs... On prétend qu'il donne un pouvoir immense à celui qui le possède. Je veux que vous exploriez ce château et que vous trouviez le parchemin : je le veux pour moi, rien que pour moi ! Je vous paierai bien, Wild Willie San.

Celui-ci répliqua, d'un ton courtois mais ferme :

– Vous savez beaucoup de choses sur moi, Radegushi, mais vous ignorez la plus importante : **JE NE SUIS PAS À VENDRE.**

Radegushi insista d'un air arrogant, brandissant un énorme carnet de chèques et un stylo en or incrusté de diamants :

– Je suis *très trèèès riche*. Écrivez vous-même la som...

Wild Willie l'interrompit, et cette fois d'un ton sévère :

– J'ai dit NON ! Je suis un archéologue passionné

par les civilisations anciennes, je ne suis pas un chasseur de trésors au rabais. Même si je retrouvais ce parchemin, ce ne serait pas pour vous le donner, mais pour le remettre à un MUSÉE : je ne recherche pas des trésors pour m'enrichir, mais pour que tout le monde puisse les ᒍᑌᗰᓮᖇᕮᖇ et apprendre quelque chose du passé.

Radegushi se fit **menaçant** :

– Je suis riche, mais je suis également très puissant. *PRENEZ GARDE !* Ce parchemin sera à moi, rien qu'à moi, et vous devez le trouver, sinon...

Écrivez vous-même la som...

J'ai dit non !

Wild Willie avait les moustaches qui frémissaient de mépris.

– Rien à faire, je ne traite pas avec les voyous !

Nous appelâmes un taxi pour nous en aller, mais au moment d'y monter j'aperçus de nouveau les mystérieuses OMBRES noires qui épiaient derrière la maison...

Nous n'eûmes pas le temps de nous en inquiéter, car nous devions vite aller à la gare pour ne pas rater le train de Nagoya*, où nous prendrions le bac pour Okinawa.

Nous attrapâmes le train de justesse. Je regardai par la fenêtre : de mystérieux **INDIVIDUS** nous épiaient derrière un wagon, sur une voie de garage ! Ils correspondaient aux silhouettes que j'avais vues chez Radegushi. Il s'agissait de sept rongeurs musclés, qui portaient des combinaisons **noires** et avaient un masque sur le museau. Je voyais leurs YEUX briller d'un éclat sinistre...

* Voir la carte page 35.

Mais le train démarra et, pendant qu'il quittait la gare, je leur fis des grimaces par la fenêtre.

– Vous ne nous avez pas attrapés ! Nananère ! Nananère ! Nananère !

Ratozen me tira en arrière.

– Que fais-tu ? Ce sont des NINJAS ! Des guerriers japonais experts dans tous les arts martiaux, plus dangereux que des REQUINS, plus mortels que des SCORPIONS, plus traîtres que des COBRAS ! ~~~~

Okisuri secoua la tête.

– Ce n'est pas malin de les faire **ENRAGER**. Ces rats-là n'ont pas d'humour, tu sais.

Wild Willie se pencha par la fenêtre et commenta tranquillement :

– Oh, regardez, les ninjas nous **COURENT** après... Savoir s'ils vont réussir à monter dans le train ? Hum... Stilton, je crois qu'ils vont te les faire payer, tes grimaces, et avec des intérêts, car ce sont des gars, *ou plutôt des rats*, qui ne **PARDONNENT** jamais !

Nananère !
Nananère !
Nananère

J'avais tellement la frousse que je **claquais** des dents.

– L-laissez-moi descendre, j-je prends le premier avion pour S-Sourisia !

Je me ruai dans le couloir, mais ce train roulait à une **VITESSE** folle !

Okisuri m'attrapa par la queue.

– Arrête-toi ! Ce train s'appelle le *Shinkansen*, cela veut dire le « **PROJECTILE** », il roule à 200 kilomètres à l'heure : tu ne peux pas descendre !

AU SECOURS !
AU SECOURS !
AU SECOURS !

Shinkansen : c'est le réseau ferroviaire japonais sur lequel voyagent les « trains projectiles », c'est-à-dire les trains à grande vitesse.

Je retournai à ma place, tandis que les arbres, les maisons, les montagnes **défilaient** à toute vitesse derrière la vitre. Pour me détendre, je feuilletai mon guide du Japon, lus quelques pages sur l'histoire du pays et découvris des détails terrifiants sur les NINJAS !

« Les ninjas étaient des guerriers et des espions au service des seigneurs féodaux japonais, les shoguns. Ils étaient très nombreux entre 1300 et 1870. Pour les ninjas, le **monde** était divisé en deux : leur seigneur (et leur clan) et... tous les autres, qui n'étaient pour eux que des **ENNE-MIS** à combattre !

Geronimo Stilton

Ils portaient des vêtements **NOIRS** comme la nuit et pratiquaient tous les arts martiaux. Ils employaient plus de vingt sortes d'armes mortelles différentes : épées, poignards, **FLÈCHES**, sarbacanes et dards empoisonnés, javelots, étoiles de jet, **HARPONS**, clous à lancer... »

Tout en lisant, je **FRISSONNAI** : il m'avait semblé voir passer d'étranges silhouettes dans le couloir... Et si les **NINJAS** avaient réussi à monter dans le train ?

Scouiiiit, pauvre de moi !
Quelle frousse féline !

LE TATOUAGE
DE DRAGON DE FEU

Enfin, ce «train-projectile» s'arrêta à Nagoya, et après avoir pris un bac, nous atteignîmes Naha*, principale ville de la préfecture d'Okinawa. *Le voyage fut interminable!*

À Naha, nous prîmes un autobus qui nous conduisit dans une région isolée, puis nous poursuivîmes à pied, pendant que le soleil déclinait, jusqu'à un petit village perché dans la montagne.

Bien des années avaient passé et Wild Willie ne retrouvait pas le **chemin** menant à la maison de son maître Imagaté. Après de nombreux détours, nous arrivâmes finalement devant une très vieille maison de **bois**, construite au sommet d'une falaise escarpée. Quelqu'un était assis sur le seuil, mais il était impossible de distinguer son

* Voir la carte page 35.

visage, **OBSCURCI** par les premières ombres du soir.

Il demanda :

– Qui cherchez-vous, étrangers ?

– Nous cherchons le VÉNÉRABLE maître de karaté Imagaté, qui habite dans ce village.

– Et pourquoi le cherchez-vous ?

Sans réfléchir, je laissai échapper :

– Parce que nous sommes en **mission** secr…

Ratozen me fit taire avec un COUP DE COUDE dans les côtes, Okisuri me décocha un **coup de pied** dans les chevilles et Wild Willie m'**arracha** un poil de moustache en signe d'avertissement…

Le rongeur se leva : il avait l'air

Nous y voilà !

d'un **VIEUX** sage, très doux, et il portait le *kara-tégi*, la tenue blanche des karatékas.

Il éclata de **RIRE**.

– N'en veuillez pas à votre ami, il a deviné qu'il pouvait avoir confiance en moi. Je suis maître **Imagaté** ! Mais vous, qui êtes-vous ?

Wild Willie fit une révérence si profonde qu'il balaya le sol de ses *moustaches.*

– Maître, de nombreuses années se sont écoulées, mais mon cœur est resté le même. J'avais promis que vous

pourriez toujours compter sur moi, et je suis venu tenir ma promesse. Je suis... DRAGON DE FEU.

Il retroussa une manche de sa chemise, dévoilant un tatouage qui représentait un DRAGON ROUGE comme le feu.

Le vieux rongeur reconnut le tatouage et murmura :

– Dragon de Feu, c'est toi ? C'est vraiment toi ?

Wild Willie s'agenouilla.

– Oui, maître, c'est moi, Dragon de Feu, même si désormais tout le monde m'appelle Wild Willie. Vous m'avez appelé et je suis venu.

Le maître était ému.

– Dragon de Feu... Si je t'ai donné ce nom, c'est parce que ton CŒUR était courageux comme un dragon et IMPÉTUEUX comme le feu. Je savais pouvoir compter sur toi, tu respectes toujours la parole donnée.

Le maître et l'élève s'embrassèrent affectueusement

et ce fut comme si toutes ces années n'avaient été que quelques semaines. Puis Imagaté nous invita à entrer :

– À présent, pour que vous puissiez reprendre des forces, je vais célébrer la cérémonie du THÉ.

Je m'exclamai :

– Merveilleux ! J'ai très envie d'une bonne tasse de thé avec une tartine au fromage ! J'ai une faim de loup !

Okisuri me lança un regard noir.

– La cérémonie du thé est un *rite* spirituel, il ne s'agit pas de se goinfrer !

Nous nous installâmes dans une pièce spéciale de la maison : petite, intime, silencieuse, décorée par un IKEBANA, c'est-à-dire une composition florale artistique, et par une collection de katanas, des sabres de samouraï.

Nous nous agenouillâmes autour d'une table basse et observâmes res-

Ikebana : c'est le très ancien art japonais d'arranger les fleurs coupées.

pectueusement les gestes solennels d'Imagaté, qui servit une tasse de thé vert à chacun de nous.

Ce fut une très belle cérémonie !

Je n'avais pas l'habitude de rester longtemps à genoux et il me tardait de me dégourdir un peu les pattes, mais Imagaté annonça gravement :

– Je vais vous raconter la **LÉGENDE DES TROIS SAMOURAÏS**, pour que vous compreniez pourquoi il est important de sauver ce parchemin.

La lune brillait dans un ciel d'encre lorsque l'ancien maître se mit à raconter...

Il y a bien des siècles...

Katana : ce long sabre japonais, dont la lame courbe n'a qu'un seul tranchant, est utilisé par les samouraïs.

– Il y a bien des siècles, dans une lointaine vallée, se trouvait un mystérieux et fabuleux parchemin renfermant un incroyable secret du karaté…
Un secret capable de donner de la force au faible et permettant au petit de l'emporter sur le grand. Mais un jour le méchant chef des ninjas essaya de s'en emparer. Alors, un sage maître de karaté demanda à trois valeureux samouraïs d'aller le cacher dans un endroit sûr. Ces trois valeureux emportèrent le parchemin dans une autre lointaine vallée, au château du Dragon-Rugissant, qui appartenait à un sage shogun* nommé Hanshi, et ils le dissimulèrent dans le château de telle sorte que personne ne puisse le dérober.
» La légende veut que le parchemin reste caché dans le château jusqu'à ce que trois nouveaux valeureux samouraïs le trouvent et révèlent son secret au monde entier.

* Shogun : Puissant seigneur féodal.

Le maître soupira :

– Longtemps, le **château du Dragon-Rugissant** (ou *château des Trois Samouraïs*, comme on l'appelle aujourd'hui...) n'a été qu'une légende. Mais maintenant qu'on a mis au jour ses ruines, dans la vallée qui porte son nom, je crains que de nombreuses personnes mal intentionnées ne tentent d'y chercher le fabuleux parchemin afin de découvrir le secret qu'il renferme. C'est pourquoi j'ai appelé Dragon de Feu, c'est-à-dire Wild Willie : pour qu'il m'aide à sauver ce TRÉSOR !

Wild Willie s'inclina.

– Quand il est question de trésors anciens, je réponds toujours présent !

Je soupirai. J'avais absolument besoin de bouger ! Je ne sentais plus mes GENOUX !

Mais Imagaté poursuivit :

– Maintenant que votre corps et votre esprit ont repris des forces, nous allons parler toute la nuit de la manière de sauver le parchemin...

Quoiii ? Toute la nuiiit ?!

J'avais les genoux raides comme des harengs salés !
Je n'en pouvais vraiment plus : je m'excusai donc
et me levai.

Enfin... j'essayai de me lever... MAIS mes
genoux grincèrent... Je chancelai, MAIS je
m'emmêlai les pattes... Je me rattrapai à l'étagère,
MAIS je fis tomber les sabres, qui me coupèrent
net les moustaches... Je me raccrochai à l'ikebana,
MAIS une épine me transperça l'arrière-train...
J'essayai de la retirer, MAIS je renversai la
théière et me brûlai la queue avec le thé bouillant...
Je bondis, MAIS mon crâne cogna contre un
gong, dont le son résonna directement dans ma cer-
velle... Je vis tournoyer des ÉTOILES... et je finis
par m'ÉVANOUIR !!!

4 Je me raccrochai à l'ikebana, mais une épine me transperça l'arrière-train...

J'essayai de la retirer, mais je renversai la théière et me brûlai la queue...

5

6 **7**

Mon crâne cogna contre un gong...

... et je finis par m'évanouir !

TROIS SAMOURAÏS
(ET UNE SIMPLE SOURIS)

Lorsque je rouvris les yeux, je restai sans voix : j'étais allongé par terre… et j'étais habillé en Japonais d'AUTREFOIS ! Je portais une tunique **brodée** et un drôle de chapeau, et j'avais un sac de cuir en bandoulière.

Je me massai le crâne : quelle bosse !

Quel coup !

Je me retournai et découvris trois guerriers équipés d'impressionnantes armures de samouraïs, avec leurs heaumes et leurs katanas, et je hurlai :

– *AU SECOUUURS !!!*

Le premier samouraï marmonna d'un ton brusque :

– Secoue-toi, Stilton, nous devons repartir : les ninjas nous suivent pour nous *voler* le parchemin secret ! Nous sommes les seuls à pouvoir le mettre en sûreté !

Alors seulement je reconnus la voix de Wild Willie.

Secoue-toi !

– Euh… Wild Willie, c'est *toi* ? Excuse-moi, quel parchemin ? Et pourquoi es-tu déguisé en samouraï ?

Le deuxième samouraï ricana :

– Parce que ceci est un rêve, Stilton, et que dans ce **rêve** nous sommes des samouraïs !

C'était Ratozen ! Je lui demandai, ému :

– Euh, un rêve ? Génial. Dans ce cas, moi aussi, je peux être un SAMOURAÏ ?

Le troisième samouraï avait un corps plus mince et plus gracile. C'était Okisuri, qui fit le point :

– Non, pas toi, Stilton : même en rêve, tu restes une *simple souris* !

Je **murmurai**, déçu :

– Oh, j'aurais tant aimé devenir samouraï…

Wild Willie me fixa dans les pupilles.

– Tu veux devenir samouraï, *blanc-bec* ? Fais d'abord tes preuves, et peut-être, *je dis bien peut-être,* à la fin de ce rêve tu deviendras toi aussi un véritable samouraï. *Je te tiendrai à l'œil…*

Puis il monta sur son cheval noir.

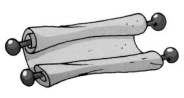

– Allons-y ! Dans ce rêve, nous sommes poursuivis par le chef des ninjas, qui veut voler le légendaire parchemin contenant le secret du karaté ; nous devons mettre celui-ci en sûreté !

J'avais peur de monter à cheval alors qu'il faisait nuit, mais je m'aperçus que *Wild Willie me tenait à l'œil* et, surmontant ma peur, je sautai en selle pour suivre mes compagnons.

Nous partîmes aussitôt, éclairés par les lueurs de la **lune**. Pour semer nos poursuivants, nous changeâmes plusieurs fois de direction, choisissant les sentiers les moins fréquentés…

Partout, il me semblait voir des ombres inquiétantes qui me rappelaient les ninjas, mais je m'aperçus que *Wild Willie me tenait à l'œil*, et je continuai d'avancer, malgré la frousse féline que j'éprouvais !

Enfin, nous arrivâmes dans une vallée perdue au

milieu des montagnes, au pied d'une *cascade* qui tombait du haut d'un rocher en forme de tête de dragon.

Wild Willie annonça :

– Nous allons traverser la cascade, et un passage secret nous conduira à la *vallée du Dragon-Rugissant* !

L'eau de la cascade tombait d'une telle hauteur qu'elle paraissait vraiment rugir comme un dragon, et j'avais trèèèès peur, mais je m'aperçus que *Wild Willie me tenait à l'œil*, et je pris donc mon courage à deux pattes pour passer sous la cascade.

Je débouchai dans une vallée verdoyante, où, dans le lointain, se dressait un **CHÂTEAU**. Wild Willie expliqua à voix BASSE :

– Ce château sera un refuge sûr pour le parchemin : il appartient à un shogun, un seigneur féodal. Son nom est *Hanshi*, ce qui signifie « Maître des Maîtres »…

Nous **FRANCHÎMES** des murailles de pierre et nous engageâmes dans l'allée qui conduisait au château.

Nous entrâmes et découvrîmes une vaste salle ornée de panneaux de soie peints de couleurs vives et entourée de COLONNES de bois doré. Au fond se tenait un rongeur vêtu d'une précieuse **tunique** de soie rouge sur laquelle était brodé un *dragon doré*.

Dans ses yeux pénétrants se lisaient la force, le calme et la sagesse.

Il était assis sur un **trône** de laque rouge, dont les ACCOUDOIRS étaient deux têtes de dragon en or

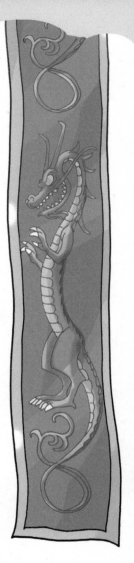

79

massif. Autour de lui était déployée une haie de guerriers en armes, à l'air farouche.

Wild Willie s'*inclina* devant lui.

– Honorable shogun Hanshi, Maître des Maîtres, nous sommes venus implorer ton **aide**. Comme nous, tu suis la Voie de l'Honneur.

Le shogun baissa la tête.

– Que puis-je faire pour vous qui venez de si loin ?

Wild Willie sortit le rouleau de parchemin et dit :

– Nous sommes poursuivis par le chef des ninjas, il veut s'emparer de ce parchemin qui contient un antique secret du karaté. Pouvons-nous le cacher dans ton château ?

Le shogun réfléchit, puis déclara en baissant de nouveau la tête :

– *QU'IL EN SOIT AINSI !*

Il fit un geste impérieux et tous les gardes SORTIRENT de la salle. Il posa ensuite les mains sur les accoudoirs d'or du trône et appuya avec force. On entendit un grincement : aussitôt, une fente s'ouvrit dans le mur devant nous. Elle livrait passage dans une pièce secrète ! Le shogun nous précéda et, avec sept clefs, ouvrit sept coffres, contenus les uns dans les autres.

– C'est ici, dans cette pièce CACHÉE, que je dissimulerai le parchemin. Personne ne pourra le trouver. Le secret sera gardé pendant des siècles, jusqu'à ce qu'arrive le bon moment pour qu'il soit *révélé* !

Puis il nous félicita :

– Vous avez été courageux, on voit que vous êtes de vrais **samouraïs**.

Je rougis.

– Euh, en fait, moi, je ne suis pas un samouraï, je ne suis qu'une *simple souris*.

Le shogun me fixa intensément dans les yeux et murmura :

– Nous allons remédier à cela…

Il demanda alors à voix haute :

– Quelqu'un se porte-t-il garant du COURAGE de cette souris ?

Wild Willie fit un pas en avant.

– Moi, je me porte garant pour lui, car je l'ai tenu à l'œil et j'ai constaté que son courage n'avait cessé de grandir. Son CŒUR est celui d'un vrai samouraï… Il n'est peut-être pas né courageux, mais il a vaincu ses peurs pour DÉFENDRE le parchemin contre les ninjas !

Le shogun me fixa encore plus intensément.

– Promets-tu de suivre toujours la VOIE DE L'HONNEUR des arts martiaux ?

Je répondis avec émotion :

– OUI !

Je te fais samouraï!

Hanshi annonça d'un ton solennel :
– Moi, Maître des Maîtres, je te fais samouraï !
J'étais *bouleversé* : je m'inclinai profondément pour remercier, mais... je me pris les pattes dans ma **queue** et tombai à la renverse en me cognant le crâne par terre !

Argh!!

FÉLICITATIONS POUR TON CRÂNE, STILTON !

Je revins à moi parce que **quelqu'un** était en train de me gifler en disant :

– Debout, *blanc-bec* !

Je me levai péniblement, j'étais étourdi, j'avais la tête qui TOURNAIT et les moustaches qui vibraient.

Je ne comprenais plus rien : *j'étais réveillé ou je rêvais encore ?*

Confus, je demandai :

– Où-où suis-je ? Pourquoi me giflez-vous ? Je ne suis pas un blanc-bec, je suis un samouraï et…

Puis je regardai autour de moi et écarquillai les YEUX. Je n'étais plus dans le légendaire château du Dragon-Rugissant !

Je me trouvai de nouveau dans la maison du maître

de karaté Imagaté. Sur le sol, il y avait encore la théière renversée, les sabres de samouraï et même un gong cabossé... *C'est moi qui l'avais heurté avec mon crâne !*

Autour de moi, je vis Okisuri, Ratozen et Wild Willie, qui ne portaient plus leurs armures de samouraïs, mais des **vêtements** modernes. Et ce n'était plus un sabre qu'Okisuri avait à la patte, mais un téléphone portable : en effet, elle s'apprêtait à appeler un hôpital, parce que j'avais reçu un sacré coup sur la tête.

Wild Willie *ricana* sous ses moustaches :

– On peut dire bravo à notre Stilton. J'ai adoré le moment où tu es allé cogner le gong. Tu sais que tu as réussi à le fêler ? Félicitations pour ton crâne, *blanc-bec* ! Avec un crâne pareil, tu réussiras **peut-être**, je dis bien **peut-être**, à rentrer vivant à Sourisia...

Alors seulement je commençai à me souvenir : après la cérémonie du **THÉ**, j'avais essayé

de me lever, mais mes genoux s'étaient déro-
bés, j'étais tombé et j'avais cogné le gong…
Quelle bosse !
Je sortis de ma torpeur, car Wild Willie ordonnait :
– Vite, avant que les ninjas ne nous surprennent !
Partons pour la vallée du Dragon-Rugissant, au
CHÂTEAU où doit se trouver le parchemin… Nous ne
savons pas exactement où le chercher, cela pourrait
nous prendre beaucoup de temps…
Je m'écriai :
– *Mais moi je sais où est le parchemin : je
l'ai vu en rêve !* C'était un rêve très particulier,
presque réel : nous devions
CACHER le parchemin,
pour le mettre à l'abri, et
nous le placions dans une
salle **SECRÈTE** du château
du Dragon-Rugissant et…
Okisuri et Ratozen écla-
tèrent de **RIRE**.

Mais je sais où il est !

– Mais ce n'était qu'un rêve, Stilton, cela n'a rien à voir avec la réalité !

Mais Wild Willie, lui, me fixa dans les pupilles.

– Hum… j'ai bien envie de te faire confiance, *blanc-bec*.

Je m'écriai fièrement :

– *Suivez-moi, mes amis, je vous guiderai !*

Lorsque nous sortîmes de la maison, le soleil n'était pas encore **LEVÉ**. Imagaté avait rassemblé les paysans de son village et nous promit qu'il nous rejoindrait avec eux au plus vite en cas de besoin.

Le château dans mon rêve

C'est ainsi que, aux premiers rayons du soleil, nous parvînmes dans la région où avaient été retrouvées les restes de l'ancien **CHÂTEAU**. Je reconnus la *cascade*, nous passâmes sous l'eau et nous engageâmes dans le passage SECRET.

Là commençait la vallée du Dragon-Rugissant, et là se dressait le château…

Tout était exactement comme dans mon rêve, mais le château était en ruine, comme si de nombreux nombreux nombreux siècles s'étaient écoulés…

Le château dans la réalité

LE CHÂTEAU
DES TROIS SAMOURAÏS

Le soleil levant ÉCLAIRAIT à contre-jour les toits pointus, les colonnes de bois où se voyaient encore des traces de peinture rouge et l'allée bordée de hautes touffes de bambous qui ondulaient dans le vent.

Nous nous avançâmes et nos pas sur les grandes dalles grises de l'allée résonnèrent, inquiétants, dans l'air vif.

Wild Willie murmura :

– Êtes-vous prêts pour l'aventure ?

Nous répondîmes :

– PRÊTS POUR L'AVENTURE !

Nous regardâmes autour de nous, pour vérifier si les NINJAS ne nous suivaient pas...

Puis nous entrouvrîmes la porte d'entrée, qui

grinça sinistrement, et
nous entrâmes dans le château : nous étions dans une immense
salle très effrayante.

J'allumai une bougie et avançai lentement. Brrrrrr,
quelle frousse féline…

Il régnait une odeur de **MOISI** et une épaisse
couche de poussière recouvrait tout, tandis que de
grosses toiles d'araignées pendaient du pla-
fond. Incroyable, le château *était exactement
tel que je l'avais vu en rêve* ! Bien sûr, tout
était très abîmé par le temps, mais je reconnus les
colonnes de bois doré et même le trône de laque
rouge, avec ses accoudoirs en forme de tête de
dragon ! C'était le même trône, mais la peinture
avait été ternie par le TEMPS.

Si tout était comme dans mon rêve, alors le parchemin DEVAIT également être là !

– Dans mon rêve, le shogun appuyait sur les

accoudoirs du trône, ce qui ouvrait une pièce **SECRÈTE**...

Je m'assis sur le trône, le **CŒUR** battant la chamade, puis j'appuyai fortement sur les accoudoirs. Pendant un instant, il ne se passa rien et je sentis une grande déception dans mon cœur. Puis j'entendis un très léger grincement : *cric* !

Puis un autre *cric* !

Enfin... *Cricccccccccccccccccc* !

Une fente s'ouvrit dans le mur de bois et je me glissai au travers, en ordonnant :

– SUIVEZ-MOI !

Nous entrâmes dans la petite pièce secrète dont je

me souvenais bien. Là, la lumière ne pénétrait jamais, et les **couleurs** ne s'étaient pas fanées, il semblait que le temps n'avait pas passé. Dans un coin, je découvris un vieux coffre de bois peint. *Il était identique à ce que j'avais vu dans mon rêve !* Je l'ouvris et en sortis un autre coffre, puis un autre et un autre et un autre encore, puis un autre et encore un autre… C'était le dernier des sept précieux coffres.
Je sortis enfin un parchemin, lié par un **ruban** de soie rouge. En le découvrant, je restai sans voix…

Ça doit être là-dedans !

La seule différence était qu'il avait jauni et paraissait **USÉ**, comme si depuis l'époque de mon rêve s'étaient écoulés des années, des siècles...

... il était identique à celui que j'avais vu en rêve !

VOICI LE FABULEUX PARCHEMIN !

J'avais le cœur qui battait fort et les moustaches qui vibraient d'émotion !

Maintenant que nous avions retrouvé le parchemin, nous allions enfin découvrir le légendaire SECRET DU KARATÉ...

C'EST PARTI POUR L'AVENTURE !

Wild Willie prit le parchemin, le déroula, le lut attentivement et marmonna :

– Hum… C'est donc cela ?

Ratozen, Okisuri et moi demandâmes :

– Alors, quel est le secret du parchemin ?

Il souleva le sourcil gauche.

– Hum, INTÉRESSANT, très INTÉRESSANT…

Nous insistâmes :

– Quel est le secret ?

Il poursuivit, soulevant le sourcil droit :

– Ou plutôt, plus qu'INTÉRESSANT… je dirais INTÉRESSANTISSIME…

Je hurlai, exaspéré :

– *LE SECRET, DIS-NOUS LE SECRET DU PARCHEMIIIIIN !*

Wild Willie se lissa les moustaches, me fixa dans les pupilles et dit d'un air sévère :

– *Du calme, blanc-bec !* Tu comprends le sens de ce mot ? *Calme.* **C-A-L-M-E.** C'est un mot qui te serait très utile, Stilton. Cela consiste à attendre le bon moment pour faire quelque chose. Je baissai la tête, humilié, mais il me fit un CLIN D'ŒIL, un grand *Sourire* et me montra le par~ chemin.

C'était un texte en JAPONAIS avec un dessin représentant une silhouette, sur laquelle étaient marqués plusieurs *points* rouges.

Wild Willie murmura :

– Ce parchemin révèle l'illustre technique des *points de pression*, selon laquelle certains endroits du corps correspondent à des CENTRES D'ÉNERGIE. En les touchant, on peut guérir les personnes, ou bien…

Nous demandâmes avec curiosité :

– Ou bien ?

Il poursuivit :

– Ou bien les **IMMOBILISER** ! Les samouraïs se servaient de cette ancienne et mystérieuse technique pour combattre leurs ennemis.

Il fixa longuement le parchemin, pour en imprimer le dessin dans sa mémoire, puis s'adressa à moi :

– Voyons si ça marche… Stilton, viens ici.

– *Eh ? Quoi ? Moi ?*

– Y a-t-il quelqu'un d'autre ici qui s'appelle Stilton ?

– **MAIS NOUS DEVONS ESSAYER POUR DE VRAI ?**

– Je crois bien que oui.

– Et si nous faisions confiance au parchemin sans essayer ?

– Mais moi, j'ai *envie* d'essayer.

Ratozen et Okisuri crièrent, enthousiastes :

– Oui, allez, oui oui oui, on essaie !

Avant même que je m'en rende compte, Wild Willie m'effleura le menton du doigt, et je tombai à terre comme une MASSE !

Mes amis s'écrièrent en chœur :

– Hourra, ça marche !

Je marmonnai :

– Eh oui, ça marche vraiment.

Après en avoir fait la traduction, Wild Willie nous résuma le texte du parchemin :

– Cette ancienne et mystérieuse technique s'appelle le **tuité**. Elle permet au faible de vaincre le fort, au petit de vaincre le GRAND. Elle permet à celui qui est désarmé de se défendre s'il est attaqué. Elle ne repose pas sur la force, mais sur l'*agilité*, la *RAPIDITÉ* et la connaissance exacte du point à toucher. Mais n'utilisez jamais cette technique pour attaquer : elle ne doit servir qu'à se défendre. Comme le répétait tou-

---

TUITÉ

Il s'agit d'une technique fondée sur l'attaque des points de pression du corps, qui sont identiques aux méridiens et aux centres énergétiques utilisés dans l'acupuncture. Le point de pression doit être frappé selon un certain angle. Cette technique doit servir à se défendre soi-même, mais aussi à soigner les malades.

---

jours mon maître de karaté : le sage essaie toujours d'éviter le combat, car il connaît la valeur de la paix !

Wild Willie nous fit apprendre par cœur tous les points, afin que nous puissions mettre en pratique cette technique étraNge mais *efficace*.

C'était un secret très puissant, et je compris pourquoi tant de rongeurs voulaient s'en emparer.

BAS LES PATTES !

À ce moment, une voix arrogante hurla :

– **Bas les pattes !**

Nous nous retournâmes et découvrîmes, stupéfaits, un gars, *ou plutôt un rat*, aux yeux **SOURNOIS** comme ceux d'un crapaud.

Il était suivi par sept rongeurs tout de noir vêtus, à la mine patibulaire et armés jusqu'aux moustaches ! C'étaient les **NINJAS**, et Radegushi était leur **CHEF** !

J'étais désespéré : comment pouvions-nous nous défendre ? Ils étaient **HUIT**, nous étions

QUATRE. Ils étaient armés (et dangereux), nous étions désarmés…

Mais Wild Willie nous murmura :

– Vous vous souvenez du secret du parchemin ?

Puis il cria fièrement :

– C'EST PARTI POUR L'AVENTURE !!!

Nous commençâmes à nous défendre en utilisant la **TECHNIQUE** secrète du parchemin et, les uns après les autres, les ninjas tombèrent à terre comme des masses.

Courage!

Allons-y!

Souvenez-vous du parchemin!

C'est alors qu'arrivèrent à la **rescousse** maître Imagaté et tous les paysans de son village. Mais nous n'avions pas besoin d'aide, car grâce au parchemin le **faible** avait **vaincu** le **FORT**... et nous étions saufs !

Les ninjas furent **LIGOTÉS** et emmenés, tandis que Radegushi braillait, furieux :

– Ce parchemin devait être à moi, rien qu'à **MOI**... Je ne veux pas que ce soit toi qui l'aies, Wild Willie San !

Wild Willie SOURIT.

– Tu as vraiment cru que je voulais le garder pour moi, ce parchemin ? Comme tous les trésors du passé, il n'appartient ni à toi, ni à moi, ni à personne... **Il appartient à tout le monde !**

Imagaté s'exclama :

– Bien parlé, Dragon de Feu. Nous donnerons ce parchemin au MUSÉE DU SPORT du centre sportif de Sourisia. Là-bas, tout le monde pourra venir l'admirer.

Wild Willie s'*inclina*.

– Il en sera ainsi, maître.

Et il en fut ainsi !

Notre **MISSION** était terminée, nous rentrâmes sur l'île des Souris et *donnâmes* le parchemin au musée du Sport, où il est aujourd'hui exposé et où tout le monde peut l'admirer... parole de Stilton, *Geronimo Stilton* !

TOUT RÊVE PEUT DEVENIR LA RÉALITÉ

Après quelques jours de repos, je retournai au bureau, à *l'Écho du rongeur*. Je fus accueilli par grand-père Honoré, Téa, Benjamin, Pandora et tous mes collaborateurs : la nouvelle de notre aventure était déjà parvenue à Sourisia !

– HOURRA !

– BIENVENUE, GERONIMO !

– *Bravoooo !*

Mais, alors que tout le monde m'applaudissait, grand-père Honoré me scrutait derrière ses lunettes, avant de me sermonner :

– Et maintenant, gamin, fini de s'amuser : **AU TRAVAIL !** Puisque tu as enfin vécu une belle aventure, tu dois l'écrire **IM-MÉ-DIA-TE-MENT**, et même **IM-MÉ-DIA-TE-MENT-TOUT-DE-SUITE** !

Je veux que ce soit prêt la semaine prochaine, Geronimo, tu as bien compris ?

Je m'enfermai dans mon bureau, et une semaine plus tard j'en sortis avec un nouveau LIVRE.

Oui, vous avez bien compris, c'est celui que vous êtes en train de lire : je l'ai intitulé *Le Secret du karaté* ! Téa, curieuse, voulut le feuilleter la première et me félicita :

– Bravo, Geronimo, nous savions que tu avais besoin de vivre une nouvelle aventure et que ce voyage au JAPON te ferait du bien ! J'espère au moins que tu nous en es reconnaissant.

Bref, mon nouveau livre lui avait beaucoup plu.

ET VOUS, IL VOUS A PLU ?

Les jours passèrent et je repris ma petite vie paresseuse, jusqu'au Soir où je décidai d'aller faire une promenade sur le port et où je me retrouvai devant une PORTE peinte en rouge, au 18 de la place du Poulpe. Elle était entrebâillée et, CURIEUX, je jetai un coup d'œil derrière. La cour n'avait pas changé. Il y avait pourtant un restaurant que je n'avais pas remarqué la première fois, et dont la vitrine était remplie de mollusques frais. *Des mollusques ?*

Aussitôt, je repensai aux paroles de Wild Willie :

« STILTON, TU ES RAMOLLO COMME UN MOLLUSQUE ! »

Alors je me souvins que je pouvais très bien être différent, très différent : **FORT**, courageux et SAGE comme un vrai samouraï.

Il en avait été ainsi dans mon rêve. Or tout rêve peut devenir réalité, si nous le voulons !

Je m'approchai du dojo et, à travers la grande baie vitrée, je vis *Ratozen* qui s'entraînait

avec ma sœur Téa, avec Okisuri et Chacal !
Pendant ce temps, Mini Tao donnait un cours
à de petits rongeurs… parmi lesquels je reconnus
mon neveu Benjamin et son amie Pandora !
Ils étaient tous TRÈS forts…
Cependant, de nouveaux élèves entrèrent dans la
cour, chacun avec son sac, et se dirigèrent vers

le dojo, pour leur **leçon** de karaté. Je ne sais pas pourquoi, mais je les *SUIVIS* et remontai derrière eux le couloir qui menait à la grande salle, et c'est là qu'Okisuri, Ratozen, Téa, Chacal, Mini Tao, Benjamin et Pandora m'accueillirent en criant :

– **Voilà Geronimo !**

Wild Willie souriait sous ses moustaches.

– Je t'attendais, *blanc-bec* !

Depuis ce jour, bien des choses ont changé. **Trois** fois par semaine je suis allé prendre un cours de karaté et, après avoir passé un dernier examen… je suis devenu moi aussi ceinture noire !

6ᵉ niveau
ceinture blanche

5ᵉ niveau
ceinture jaune

4ᵉ niveau
ceinture orange

3ᵉ niveau
ceinture vert

JE NE SUIS PLUS RAMOLLO COMME UN MOLLUSQUE!

Entre-temps, j'ai vécu bien d'autres **AVEN-TURES** avec Wild Willie… mais je vous les raconterai une autre fois !

Au revoir, et à la prochaine aventure au poil ! Parole de Stilton, *Geronimo Stilton* !

2ᵉ niveau
ceinture bleue

1ᵉʳ niveau
ceinture marron

ceinture noire
1ᵉʳ dan

TABLE DES MATIÈRES

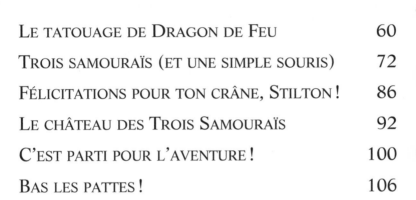

Geronimo Stilton

DANS LA MÊME COLLECTION

Et aussi...

Les Préhistos

L'ÉCHO DU RONGEUR

1. Entrée
2. Imprimerie
   (où l'on imprime les livres et le journal)
3. Administration
4. Rédaction (où travaillent les rédacteurs,
   les maquettistes et les illustrateurs)
5. Bureau de Geronimo Stilton
6. Piste d'atterrissage pour hélicoptère

Fleuve Souris

Plage

Sourisia, la ville des Souris

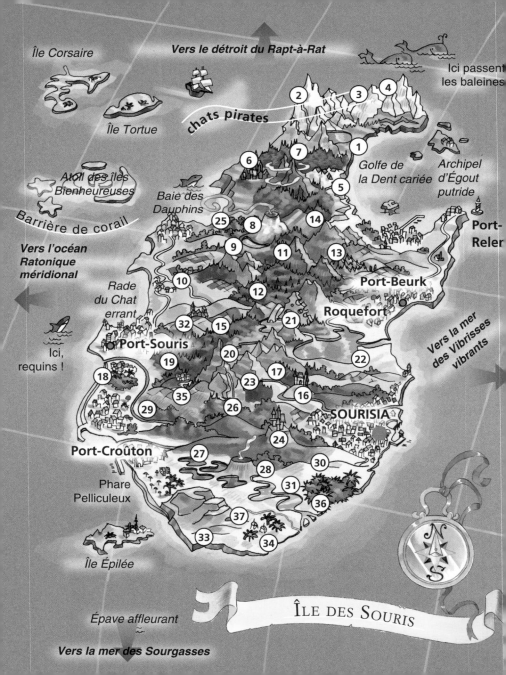

ÎLE DES SOURIS

Île des Souris

1. Grand Lac de glace
2. Pic de la Fourrure gelée
3. Pic du Tienvoiladéglaçons
4. Pic du Chteracontpacequilfaifroid
5. Sourikistan
6. Transourisie
7. Pic du Vampire
8. Volcan Souricifer
9. Lac de Soufre
10. Col du Chat Las
11. Pic du Putois
12. Forêt-Obscure
13. Vallée des Vampires vaniteux
14. Pic du Frisson
15. Col de la Ligne d'Ombre
16. Castel Radin
17. Parc national pour la défense de la nature
18. Las Ratayas Marinas
19. Forêt des Fossiles
20. Lac Lac
21. Lac Lac Lac
22. Lac Laclaclac
23. Roc Beaufort
24. Château de Moustimiaou
25. Vallée des Séquoias géants
26. Fontaine de Fondue
27. Marais sulfureux
28. Geyser
29. Vallée des Rats
30. Vallée Radégoûtante
31. Marais des Moustiques
32. Castel Comté
33. Désert du Souhara
34. Oasis du Chameau crachoteur
35. Pointe Cabochon
36. Jungle-Noire
37. Rio Mosquito

Au revoir, chers amis rongeurs, et à bientôt
pour de nouvelles aventures.
Des aventures au poil, parole de Stilton, de..

Geronimo Stilton